# ¿Cómo podría un oso dormir aquí?

Para la tía Lorraine, que me despertaba -J. G.

Para el tío Garry -S. L.

Puedes consultar nuestro catálogo en www.picarona.net

¿CÓMO PODRÍA UN OSO DORMIR AQUÍ?
Texto: *Julie Gonzalez*
Ilustraciones: *Stephanie Laberis*

1.ª edición: febrero de 2020

Título original: *How Could a Bear Sleep Here?*

Traducción: *David Aliaga*
Maquetación: *Isabel Estrada*
Corrección: *Sara Moreno*

© 2018, Julie Gonzalez y Stephanie Laberis
Primera edición en inglés publicada por Holiday House Publishing Inc.
Derechos de traducción al español gestionados por Sandra Bruna Agencia Literaria, S. L.
(Reservados todos los derechos)

© 2020, Ediciones Obelisco, S. L.
www.edicionesobelisco.com
(Reservados los derechos para la lengua española)

Edita: Picarona, sello infantil de Ediciones Obelisco, S. L.
Collita, 23-25. Pol. Ind. Molí de la Bastida
08191 Rubí - Barcelona - España
Tel. 93 309 85 25 - Fax 93 309 85 23
E-mail: picarona@picarona.net

ISBN: 978-84-9145-366-6
Depósito Legal: B-27.926-2019

Impreso en ANMAN, Gràfiques del Vallès, S. L.
C/ Llobateres, 16-18, Tallers 7 - Nau 10, Polígon Industrial Santiga
08210 - Barberà del Vallès - Barcelona

*Printed in Spain*

# ¿Cómo podría un

# OSO

# dormir aquí?

Texto: **Julie Gonzalez**

Ilustraciones: **Stephanie Laberis**

 **Picarona**

¡TAC-TAC-TAC!
¡CRAC-CRAC-CRAC-CRAC!

Había llegado el momento de hibernar,
¿pero cómo podría un oso dormir aquí?
Entonces, Shelby encontró...

...la cueva PERFECTA.
Profunda, oscura y EN CALMA,
sin ruidosas ardillas roedoras,

ni pájaros carpinteros ni toda
esa charlatana, consumista
y taladora de árboles...

Shelby necesitaba echarse una siesta.
Pero ¿dónde?

¿En las rocas? No...

CHAC

CHAC

CHAC

Finalmente, Shelby caminó por las dunas
y dio con un escondrijo confortable
protegido por unos susurrantes setos.
Olisqueó el aire salado, se acurrucó y soñó.

A pesar de que las olas ROMPÍAN y las moscas *zumbaban*,
Shelby no se movió hasta que...

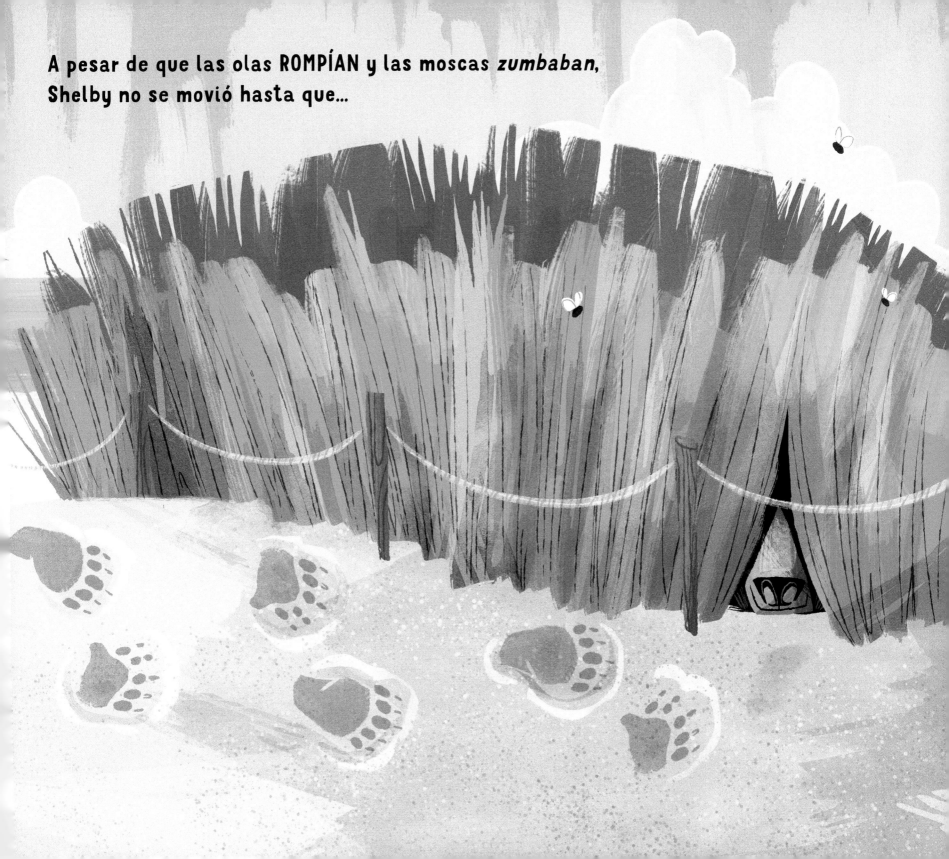

Oh..., ¿cómo podría un oso dormir aquí?

**Shelby se desperezó.**

**Rodó.**

**Y aterrizó.**

**Entonces, cavó frenéticamente un nuevo escondite.**

La cálida arena lo envolvía como si de una sábana se tratase
y Shelby volvió a quedarse dormido hasta la noche,
cuando, de pronto...

¡BUM! ¡BUM! ¡BUM!
¡Shelby nunca había visto un relámpago como aquél!

Oh..., ¿cómo podría un oso dormir aquí?

Shelby salió disparado.

Se tapó las orejas,
y, al final, dormitó.
Pero tan pronto como amaneció...

Oh..., ¿cómo podría un oso dormir aquí?
Shelby echó a correr,
pero entonces oyó...

¡Había un cachorro en apuros!

Por suerte, Shelby era un buen nadador...

...y el flotador perfecto.
¡Menudo rescate!

No paraba de llegar gente.
Y había algo cada vez más claro:
que aquí un oso JAMÁS iba a poder dormir...

No podía esperar a estar de vuelta en su propio claro,
rodeado de árboles, ruidosas ardillas roedoras
y pájaros carpinteros,

...durante todo el invierno.
Oh, por supuesto que un oso
PODRÍA dormir aquí.